KB079762

눈 내리는 아침 공지천길

이미지북시선 001

눈 내리는 아침 공지천길
ⓒ 이종수, 2021

1판 1쇄 인쇄 ┃ 2021년 01월 10일
1판 1쇄 발행 ┃ 2021년 01월 15일

지 은 이 ┃ 이종수
펴 낸 이 ┃ 이영희
펴 낸 곳 ┃ 이미지북
출판등록 ┃ 제324-2016-000030호(1999. 4. 10)
주   소 ┃ 서울특별시 강동구 양재대로122가길 6, 202호
대표전화 ┃ 02-483-7025, 팩시밀리 : 02-483-3213
e - m a i l ┃ ibook99@naver.com

ISBN 978-89-89224-51-8   03810

이 도서의 국립중앙도서관 출판예정도서목록(CIP)은 서지정보유통지원시스템 홈페이지(http://seoji.
nl.go.kr)와 국가자료종합목록 구축시스템(http://kolis-net.nl.go.kr)에서 이용하실 수 있습니다.
(CIP제어번호 : CIP2020053513)

눈 내리는 아침 공지천길

이종수 시집

이미지북

| 시인의 말 |

2021년 초. 첫 시집『눈 내리는 아침 공지천길』을 내 놓으면서 겸연쩍고 부끄럽고 쑥스러움을 먹습니다. 직장생활하며 소소하게 모아 놓은 글을 한 권의 시집으로 묶으려니 새삼스럽게 마음의 파문이 일어났기 때문입니다.

가냘프게 손가락을 떨면서 출판사 문을 두드리는 메일을 보냈고, 그리고 뒤숭숭한 며칠을 보내던 어느 날 이번엔 가슴이 콩닥콩닥 뛰었습니다. "시집 출간합시다." 전화 통 속에서 울려대는 맑은 목소리에 나는 감전돼 아무 생각없이 멍하게 서 있었습니다.

나의 소소한 일상을 표현한 글. 이 글을 읽는 독자들에게 누가 되지 않을까 걱정이 됩니다.

저의 단순한 감정의 단층으로 쌓인 글이 세상을 아름답게 비쳤으면 좋겠다는 용기를 내어 봅니다.

『눈 내리는 아침 공지천길』은 여여如如한 일상 속에 행복, 감사, 사랑 등 인간의 본질적인 삶을 노래하였습니다.

추위가 기승을 부립니다. 보잘 것 없지만 웃으며 보아 주었으면 합니다. 소람笑覽하여 주시길 바라며…….

2021년 1월 새해에
이종수

눈   내 리 는   아 침   공 지 천 길

인생 사과나무

진실

참을 수 없어
입을 열었다

마음속
삭이는 건
위선이고 죄악

진실을 묻는
얼굴이 붉어졌다

봄의 터널

꽃잎으로 뿌려지는
여인의 원망

꽃잎 씹어 삼키던
여인의 분노

새벽이 다 이울도록
눈물로 쏟아놓을 때

품에 안긴 순간
미소가 스쳐 지나가고

봄이란 짧은 터널을
혼자서 건너간다

겨울 산책길

눈 쌓인
길 위에 새겨진
다른 이의 발자국을 보며

새겨왔던
내 발자국과
새길 발자국을 생각해 봅니다

때로는 바르게
또 때로는 삐뚤삐뚤 걸어온 길이
어지럽게 바람에 덮힙니다

그동안
잘 살아온 인생일까요
자꾸 뒤돌아보며 발자국을 찍습니다

앞으로도
더 행복한 삶 살아가라며
내리는 함박눈이 응원을 해줍니다

화 火

미련을 버리시지요
답답함을 버리시지요
내 맘 같지 않다고 맘 바빠지면 화만 납니다

욕심을 버리시지요
욕심 찾다가는 쓰레기만 쌓이지요
많은 짐을 짊어지고 가면 쓰레기 냄새로 화가 납니다

화가 나면
내 맘도 구겨진 종잇조각처럼 어지럽게 보이고
구겨진 종이 주름처럼 볼 품 없어 보입니다
누가 어지러운 맘을 보고 좋아 할까요
하얀 복사용지에 아름다운 그림을 그릴 수 있게
마음의 자장가를 부르며
잘 정리된 복사용지처럼 지내세요

하늘 보고 땅 보고 숨을 들어 마시며
노란 병아리 같이 살아요
쫑! 쫑! 쫑! 병아리 귀엽잖습니까
맘 아프지 말고
화내지 말고 즐기며 살아가시지요

텅 빈 사무실

사무실 전화벨 소리가 유난히 크게 들린다
날씨 무덥다고 휴가 떠난 빈 의자를
벨 소리가 그 자리를 대신한다

책장 넘기는 소리가 크게 들린다
사무실 덥다고 휴가 떠난 빈 의자 마음 알아주듯
책이 일 소리를 낸다

워드작업 자판기 더위 먹은 소리를 내며
책장 넘기는 이쁜 소리에 싸움을 붙인다
무더운 날씨 짜증 유도하듯
자판기는 깡통소리를 내댄다

전화벨 소리 친구
책장 넘기는 소리 친구
워드 자판기 소리 친구
모두 더위 먹지 말라고 에어컨이 더 큰 소리를 낸다

딴죽 대화

입을 꾹 다물고 있어 처음처럼*을 돌렸다
신종플루는 처음처럼을 브레이크**하고
동료들 대화는 삼천포로 빠져 있다
답답한 처음처럼이 울어 댄다
눈치 채지 못하고 심통을 부리는 대화
후배는 괴로운 처음처럼을 바라보고만 있다

처음처럼을 들어 술잔에 붓는다
술잔이 심통을 부리며 콸콸 넘친다
금싸라기 처음처럼은 바닥에 쏟아지며 울어 댄다
처음처럼을 달래며 함께 울어주지만
대화는 아직 삼천포라 난 뻐끔뻐끔 금붕어가 되어 간다

동료가 내뱉는 한마디에 Oscar***는 처음처럼의 친구가 된다
대취하고 싶은데 동료들은 아직도 삼천포 대화를 하니
처음처럼도 처음 만난 Oscar를 좋아한다

* 술 이름.
** 신종플루로 사망자가 나오는 등 건강에 무서움을 느껴 잔을 돌리지 않음을 표현.
*** Oscar는 이종수(저자)의 english name.

인생길

가야 할 길은
덜컹덜컹 소리 내며 가는 촌부의 길이 있고
소리 없이 가는 미꾸라지 같은 졸부의 길도 있다
모두가 가는 길 방향은 달라도
운명의 희망 인생길 장돌뱅이 발걸음
두려워하지 않고 발걸음 뚜벅뚜벅 내딛는다

한 걸음 한 걸음이 어찌 같은 길이랴
천성의 길, 꿈의 길, 운명의 길
모진 바람에 휘둘려도 굳건하게
잡초보다도 더 강하게 희망의 빛 찾아 앞으로 나아가리라
두려워하지도 외로워하지도 않고
가야 할 길
그 운명의 희망을 찾아 뚜벅뚜벅 찾아가리라

없다가도 있는 게 희망길이라 했으니
아무도 가지 않는 길이라고
길이 아니라 말하지 않으리라
그 길을 가는 사람이면 바로 그 길이 희망길이리라
뚜벅뚜벅 걷는 황소의 친구되어 희망의 워낭소리 들으며
우직하게, 흔들림없이 운명의 희망길 찾아 나서리라

고독

자취방
망설이 듯 비밀번호를 누르고
차가운 철판대기 방문 손잡이 잡아당긴다
두 발은 죄 지은 죄수처럼
두 평 반 공간 속으로 빨려 들어간다
시야는 좁아지고
마음은 답답하고
머릿속은 태풍 회오리가 휘몰아쳐
공상과학자로 탈바꿈한다.
어린왕자 되어 예쁜 그림 그리고
멋진 왕자 되어
"세상은 내 것이다" 외칠 때
가슴 뚫고 지나가는 애틋한 나그네 외로움
홀로 방안에 가두워진
찾아오는 그리움

비 내리는 날

책을 읽어도
TV를 보아도
누워 있어도
내 마음은 중심 잃은 팽이다

뒤뚱뒤뚱 돌아가는 팽이처럼
온종일 안절부절
평정심을 찾지만
욕심이 앞서가고
엉킨 회로를 풀어도
저장 기능이 말썽이다

후두두둑
창문을 때리는 빗소리는
심란한 마음을
더욱더 흔들어 놓는다.
남산을 바라보며 멍 때리는 하루

함박눈 내리는 날

월요일 출근길 날씨가 변덕을 부린다
춘천고속도로 진입하자
함박눈이 휘몰아친다
어린 시절 눈밭에서 뛰놀던 아름다운 날
추억의 동화 속으로 밀어넣는다
다 어디로 떠났을까
첫눈 내린 가을 같은 겨울
가벼워진 마음이 다시 무겁다

힘차게 밟아 댄 액셀레이터 숨이 차다
홍천洪川 두촌쯤이었을까
한 폭의 동양화, 주변 산천이 한눈에 들어온다
차창 너머 빨간 단풍
포근한 함박눈 세계로 안내하는
네 발 달린 기계 덩어리를 마춰시키고
눈밭에 찍힌 발자국을 멍하니 바라보게 한다

눈은 아쉬운 듯 다시 내려
마을과 주변 산을 통째로 삼키고
콩딱콩딱 뒤숭숭한 마음까지 마비시켜버린
눈꽃에 젖은 물인가 마음에서 흘러내린 물인가

산촌 어느 길에 발길을 멈춰
아름다운 세상을 뒤돌아 볼 수 있었다는 것에 감사한다

인제麟蹄 가는 길
하얀 눈 금세 달려와
겸손하게 내리는 눈
목련 같은 눈뭉치의 행복
곱게 물든 빨간 단풍 달콤한 입맞춤 하니
지나간 시간 아쉬워하듯 옛 추억을 질투한다

인생 사과나무

뭐가 그리 바빠 앞만 보고 가는 것일까
옆을 보고 뒤를 보며 앞으로 가도
가는 길은 같은데 삶의 기술이 머릿속에 꽉 차 있다
가끔은 왔던 길 뒤돌아보고
머릿속 삶의 기어를 바꾸어 천천히 앞을 보며 가보자

옆을 보다 부딪쳐도 다치지 않고
뒤를 보다 깜빡해도 아프지 않은
그런 발걸음을 뗄 수는 없는 것일까
각박한 세상살이 힘들다고
행복을 못 느낀다면 그 인생을 인생이라 말할 수 있을까
동서남북 찍힌 발자국을 찾아 가을여행 떠나보자

빨간 사과를 따 생활고에 힘들어 하는
자신에게 시큼한 맛을 주고
내년 봄 기다리는
한 그루 사과나무가 멋지게 보이는 것은 뭘까
더 멋있는 인생 사과나무가 되기 위해
아름다운 코스모스 길을 걸어보고
뒷동산 밤나무 아래서 밤톨 주우며
가슴에 담는 파란 가을 하늘

봄 따는 나

산동백 꽃잎을 따
맛있게 다려준다

광주리 옆에 끼고
금병산* 따라갔다

아내는
무르익은 봄을 따는데

나는
아내 마음 따느라
먼 산 바라보고 있네

* 춘천 소재 명산, 김유정과 문학적 관계가 있다.

과천 가는 길

중앙고속도로 빠져나와
과천 방향으로 달린다

가족을 집에 남겨두고
왜 달리는 걸까?

앞만 보고 달리는 무표정의 차들
나와 똑 닮았다 달라 보이지 않는다

가족에게 잘못한 것도 아닌데
세상에 큰 죄 지은 것도 없는데
꽁무니 빼듯 내달린다

살기 위한 인생의 아름다운 모습
황금마차를 타고 가듯
과천 가는 출근길이 행복하다

상념想念

생각이 많아지면 몸이 병드는가
긍정적이고 낙관적으로 생활하라고 말하지만
인간사 뜻대로 될 일인가
"귀신 씨나락 까먹는 소리" 들으며
데자뷔로 올인all-in한다

당신 생각에
가슴이 뻥 뚫려 정처 없이 헤매던 때
방향을 잃고 담장의 부엉이 친구 삼아
속삭이던 우리만의 언약
옥수수 밭 옆길 고추잠자리 잡으며
가슴 벅찬 소꿉놀이
바보 천사는 아린 가슴을 두드리고 머리를 흔든다

소양강 처녀상 보라는 듯
저기 저 애무하는 청춘들 추파秋波를 보내고
산들바람 연인의 맘속에 가을비 뿌리고
딴전을 피우는 사이
청춘은 갈대가 되어 바람에 스러진다

광주 가는 길

도시의 불빛들이
도깨비불처럼 휙휙 지나가고
곱고 고운 가을 황금 들녘도 들킬까
어둠 속에 몸을 숨긴다
자꾸만 멀어져 가는 가을
어둠을 향해 질주하며 달려가는
송정행 야간 KTX
어둠 컴컴한 실내가 답답한지
아가가 칭얼칭얼 울어댄다
차창 밖은 지금 만추인데
엄마는 '쉬~잇!' 하며 가을 속에서 빠져나올 때
당황한 옆 자리 손님은 아가를 보며 손을 흔들고
지나가는 가을을 붙잡는다
초승달 보며 달려가는 KTX
표정도 감정도 감추고 친구 만나듯 추억을 되새기며
친구와 동행하고
시간 가는 줄 모르고 뜀박질을 하는데
아직도 그날의 가을은 붙잡지도 못했는데
남도의 가을밤을 너무 짧은 것인가
스피커의 깨진 목소리가
송정역의 마지막 가을을 끌고 내린다

청계천을 걷다

푸른 하늘
따뜻한 봄바람이
버들을 채질하는 청계천을 걷는다

냇가의 잉어 한 쌍
꼬리에 흔들리는 물결이
내 마음 속까지 밀려온다

아침 산보散步
속엣 것 다 내준 편한 마음
청계천인가 행복천幸福川인가

계고장戒告狀

봄!
허락도 없이 내려와서
터미널 앞
붕어네 천막집을
계고장도 없이
철거해 버렸다
무어… 그리 긴급하다고

그 옆에
봄나물을 팔고 있는
꾸벅꾸벅 조는
할머니

거리의 천사

어지럽힌 거리를 깔끔하게 만들고
깔끔한 거리는 우리 맘을 편안하고
세상을 밝은 맘으로 대하게 한다
그들은 바로
연두색 옷을 입은 거리 천사
환경미화원이다.
빗자루 들고
쓰레기통 옆에 차고 다니면서
분주하게 움직이는 천사들은
어떤 생각을 하며 거리를 거닐까?
무척 궁금하다.
하늘나라에서 뿌려 대는 하얀 눈처럼
소복소복 쌓는 천사 마음이겠지
거리 천사는
출근하는 발걸음을 가볍게 해준다

노래방

소리쳤다
목청 높여서

시원했다

노래에
한 인생이 흘러갔다

행복했다

만 추   우 체 통

사랑 길치

그녀는
사랑 길치

내 마음만
시커멓게
타들어가게 한다

바로 옆에 두고도
못 찾는
내 마음

찾아오는
길을 모른다

그녀는
사랑 길치

사랑 바보

지구에서도
너와 나뿐

대한민국에서도
너와 나뿐

외딴 섬에서도
너와 나뿐

내 맘속에서도
오직 너뿐이다

사랑은 이런 것인가?
사랑은
욕심쟁이다

어떤 봄날에

푸른 하늘
구름 위에 당신이 숨어 있을 듯해
바람의 양탄자를 타고
날마다 당신을 찾아
길을 떠납니다

저 푸른 하늘
자꾸만 숨바꼭질 하며
날 기다리고 있을 것 같아
이 마음 모두
봄 하늘에 수繡 놓아
당신에게 주고 싶은 봄입니다

누에열차

가슴이 뛴다
누에열차*는 내 마음을 아는 걸까

천천히 움직인다
아쉬움에 뒤돌아보며 걷는 몸은
자꾸만 멀어지는데
그대는 항상 그 자리다

누에열차는
청량리로 가고 있다고
사랑한다고 울어 대는데
당신 향한 내 머리는
팽이처럼 팽팽 돌아간다

당신은 어떤 기다림일까?
ㅅ ㄹ ㅎ ㅇ

* 지하철.

38

기다림

그대 만나기 위해
얼마나
밤샘을 해야 할까요

어둠 속을 질주하는
마음을
얼마만큼 흔들어 놓아야
그대를 만날 수 있을까요

그대를 만나기 위해
긴 망설임과 대화를 나누는 시간
휘황한 달님이
나를 위로해 줍니다

내 사랑 당신

창밖
서 있는 당신이
어여 오라고
손짓한다

그 배경 뒤로
사랑의 구름
뭉개뭉개
피어오른다

마음으로만
사랑한 것이 전부였는데
그 구름을
타고 싶다

허공

푸른 하늘에도
평온한 숲 속에도
달리는 차창 밖 땅바닥에도
그대 모습 아른댄다
세상이 온통 당신으로 가득하다

머릿속에는
버스를 되돌려
당신 곁으로 돌아가라 하는데
현실은 에누리 없이
앞만 보고 달린다
허공에
버스를 멈추라고 소리 질러보지만
목소리는 목구멍 안에서만 맴돌 뿐이다

승객들은 눈치 챈 것일까
사랑해!
사랑해!
혼자 중얼거리면
차창 밖 무수한 풍경 사이로
허공을 보는 순간 당신 얼굴 보인다

눈 내리는 아침 공지천길

가로등
눈snow을 서치하며
공지천길
아름답게 수繡를 놓자
연인은
두 손 꼭 잡고 길을 걸었다

짧은 침묵의 시간
물안개와 함박눈 쌓인 경이로운 길을 걸으며
달콤하고 향기로운 대화를 나눈다

뽀드득 뽀드득
눈 위에 내 발자국 찍는
스토리story를 더하고
마냥 웃으며 뒤돌아
천진난만한 스토리를 확인한다

아름다운 두 발자국 눈 내리는 아침 공지천길은
하얀 행복마당 길
그 길 위에는
두 사람밖에 없었다

만추 우체통

가을을 통째로 불을 지른 만추晩秋
그리움을 포장해
우체통에 넣어 당신께 보냈습니다

지금 남산은
울긋불긋 꽃단풍이 한창입니다
빨간 단풍은 당신 같고
노란 단풍은 당신 바라보는 나 같습니다

단풍물 든 마음을 입은
당신이 바람에 흔들릴 때마다
내 가슴은 숨이 멎을 것 같아
그대 곁 작은 나뭇가지 되어 바라봅니다

내 마음은
가을을 보내기 싫은 듯 살짝 기온을 내리며
나뭇잎을 하나씩 하나씩 떨어트립니다

아! 그것인가요
상상 속에 살고 있는 맘을 흔들어대는 아름다운 계절
그녀가 내 맘으로 뛰어들었습니다

고마워요

그대
눈물나게 하네
내게도 기회줘요

내가
사랑한 사람
당신 힘들었지요

그래서
사랑해줘서
고맙다고 말해주고 싶다

한 사람
이 생이 다할 때까지
가슴으로 사랑하고 싶다

공지천 불꽃축제

아름답다, 이쁘고 화려하다
무지개 불꽃 하늘로 솟아오른다

당신은 무도가면을 쓴 사람처럼
불꽃에 제 모습을 감추고 찾아보란 듯
한밤의 숨바꼭질을 한다

어디에 숨었을까
가까운 곳에서 날 지켜보고 있는 걸까
불꽃은 이 마음 아는지 모르는지
아름답게 비산하며
하늘 높은 곳에서 축포를 터트린다

정신과 육신이 정전되어 가는 사이
물살을 가르는 공지어孔之魚*가
지느러미를 움직이며 물살을 거슬러 오르면
저 불꽃처럼 그대를 향해 솟아오르며
온몸을 터트리고 싶다

* 퇴계 이황이 춘천 퇴계동 외가 곰지내에서 고기잡이 후, 머슴에게 여물을 썰게
한 다음 삼태기에 담아 곰지내에 버렸는데 여물로 쓴 짚이 고기로 변해 공지어로
변했다고 함. 『춘천읍지』에는 공지어가 많기 때문에 이름하였다.

그대 만나기 위해

전화를 할까 말까
하루에도 수없이 들었다 놨다 망설이는
시꺼먼 핸드폰 마음
그대 만나기 하루 전부터
더 많은 시간, 달을 보며 고민하고
소주 마시며 삭여야 하는가

별도 어둠 속에 잠든 밤
그대 만나기 위해
이리 뒤척 저리 뒤척 하며
골방에서 누워 상상의 대화를 하고
얼마만큼의 이불을 더 쥐어짜야만 하는가

그대 만나기 위해
이리 갔다 저리 갔다
햇살에 말라가는 장대 해바라기와 같이
시계를 바라보며
그대의 초상화를 그리는 그리움으로
안으로 토실하게 여물어가는 과실처럼
이 가을을 나겠습니다

만남

종로5가역 대기 중
가슴이 뛰고 맘이 바쁘다
머리 회로도
한 가지로 멈췄다

그대를
만나면 느끼는 현상
하루 이틀 만난 것도 아닌데
왜 그럴까
사랑 그물에 걸린 탓일까
촘촘한 그물에 당신이 걸려든 것인가

어린 시절
개울가에서 멱감은 것도 아닌데
허전한 가슴
빈 공간에 쳐 놓은
사랑 그물에 걸려들기 위해
난 천진난만하게
그대를 향해 청량리로 달려간다

황금사랑

사랑은 바람처럼
속삭이며 지나간다

난, 당신 은행에 들러
복리로 저축하고

당신은
친절하게 수납하며
우수고객으로 맞이한다

황금돼지저금통에
사랑을 넣는다
당신도 넣는다

해 웃음 짓는
황금돼지는
행복에 푹 빠졌다

신데렐라

당신은
기쁨과 희망을 퍼주는
인간 펌프

당신 말은
생각하는 에너지

당신 만난 것은
마중물,
총총히 빛나는 별과 같다

신데렐라
신데렐라, 우리 믿고
의지하고
사랑하고
이해하며
메밀꽃 원두막에서
올망졸망 어깨를 기대요

저 별은 나의 별이라고
얘기를 나눠요

사랑 바다

내가
사랑한 당신
너무 이쁘다

이뻐할 수밖에 없어
사랑 바다에
풍덩 빠졌다

마음이 편하니
행복이
저절로 우러나 빛난다

오늘
지구의 주인은
사랑하는 우리다

사랑하는 당신

금덩어리로 보이지 않았던 당신
한 밥상 두 숟가락 들어 올리며 얼굴 맞대던 당신

집 떠나 홀로 밥상 바라보니
당신의 소중함을 느낍니다

양말, 속옷 빠는 하얀 비누거품은
당신의 넉넉한 마음

대야 속 맑게 헹구어진 빨래는
아름다운 당신 마음
햇빛에 반짝반짝 빛이 납니다

왜 당신 사랑을 이제서 찾았는가요?
적막한 밤 눈물 글썽이며
당신을 느낍니다

사랑해요
당신이 느껴져요

입하立夏 무렵

초여름에 접어들기도 전
녹음의 향연도 없이
봄은 가버렸습니다

황량한 길모퉁이
초라한 모습으로 잉태孕胎한 계절

가난한 나의 신부가
그리워집니다

푸르름이 더 짙어갈수록
더욱 짙어가는 뽀얀 나의 색시

함박 눈目 그리움으로
계절의 여왕을 만들고 싶습니다

인왕산 코스모스길

인왕산
코스모스길
당신과 걷고 싶다

이 길은 코스모스 친구 되어
웃고
속삭이고
사랑하고
행복 시계 손잡고
걸어가야만 하는 길이다

아, 가을이 저 혼자 익어가는
풍경 바라보는데
친구 하자며 찾아온 노을

내 마음을 달궈 놓은
가을 인왕산
코스모스가 내 가슴에 들어왔다

잘 가요, 당신

행복한 시간
뒤로 하고

손 흔드는 당신은
긴 머리 소녀
긴 머리카락만큼이나
긴 기다림의 시간

어떻게
보내야 할까요

국화꽃 홀로 바라보는
기다림의 눈물
누가 알아줄까요

잘 가요, 당신!

가을 뭉게구름

가을을 느낀다
사랑이 온다

그 이쁜 사랑
파란 하늘 구름 속으로 숨었다

저 이쁜
구름은 누구일까?

어머니·1

동강같이 휜 어머니 허리
자식들 잘 되라고 뒷바라지만 했던 어머니를 생각한다
무엇을 해드렸는지 아물아물하다
"나 이것을 해드렸소" 큰소리 칠 게 없으니
밤마다 동강의 밤물결로 운다
먼 훗날 그리워질 때 그 모습 볼 수 없을 때
머릿속 그리움의 회로 한 곳으로 흐르겠지

어머니, 어머니… 불러도 반응이 없다
목청을 한층 더 돋우니 꿈틀꿈틀 반응한다
돌부처 어머니는 눈치 대화를 한다
막냇짓으로 율동하지만 약해진 청력이 맘 아프게 한다
세상 소리 환하게 들을 수 있다면
얼굴 표정이 환해지겠지
해맑게 웃어 보이며 행복해 하시겠지

평생 얼마나 더 사실 수 있을까
자주 찾아뵙고, 전화도 자주 하는 것이 효도이고
어머니를 젊게 만드는 것이리라
좋은 세상 맑고 건강한 소리 많이 담으시라고
보청기를 해드린다

어머니·2

엊저녁 삭막한 골방에 앉아
추석 때 뵌 어머니를 그려봅니다

밭고랑 같은 얼굴 주름
초승달처럼 휘어진 허리
가는귀먹어 말수가 줄어든
돌부처 모습 자꾸 떠올라
눈물이 나고 가슴이 메입니다

이번 주말은
종잇장처럼 가벼워진 어머니를 업고
보청기나라를 방문하렵니다
자식이 할 수 있는 짓거리가 고작 이런 것인가요?

깊이 팬 얼굴 주름
간고등어처럼 전 인생 돌부처지만
울 어머니, 마냥 곱고 자랑스럽습니다
알콩달콩 대화할 날 기다려집니다
사랑합니다

할미꽃

4월 자락
할매 무덤가 주변에
도도한 꽃이 피었습니다

수줍은 듯 얼굴 붉히며
살짝 고개 숙인
그 꽃을 바라보다
사랑에 취해버렸습니다

그 사이
봄은
거기 있었음을 보았습니다

목련

꽃샘추위
또 온다 하자

봄 안개
데려와서

밤새도록
치근댄다

목련은
옷고름도 안 풀고

앙가슴을
훤히 드러냈다

파도

파도가 모셔 온
그대의 가슴 깊은 곳에
푸른 물빛이
물들어 간다

난 바다가 되어
무지개를 피우고
그대에게
다가가는 파도가 된다

오늘도
그대 그리며
두 눈엔 푸른 바다를
두 귀엔 파도 소리를 담는다

코스모스꽃

아스팔트 옆 수줍은 듯 흔들흔들 흔들이 꽃
뭐가 그리워 하늘만 바라보고 넉넉한 미소를 짓고 있습니까
바람이 불면 이리 흔들
자동차가 지나가도 저리 흔들
맘 편하게 깊은 잠 이루지 못하면서도
누구를 기다리며 하늘을 바라보고 있습니까
청명한 가을 하늘 훔치려고
쭉쭉빵빵 디스코도 아닌 고고로 유혹하는 당신 안쓰러워
내가 당신을 훔치고 싶습니다
흔들흔들 흔들이 꽃, 춤이 힘들지 않습니까
당신 춤 배우고 싶은데 내 유연함이 부족합니다
파란 벗들 가을 하늘,
넉넉한 황금벌판 소리 없이 나눠주면서
맘 비우고 하늘만 바라보며 흔들어 대는 당신
참 아름답군요.
흔들흔들 흔들이 꽃 경쾌한 리듬에 취해 하늘을 봅니다
하늘이 파랗고 높아 현기증이 납니다
뭉게구름이 파란 도화지에 그림을 그립니다
흔들이 꽃이 풍성한 가을 속에 피어나 깊은 잠에 들었습니다
흔들지 마세요
깨우지 마세요

청춘 오월

어린 새싹 돋아 연두색 옷으로 갈아입은 대지의 봄
은둔처를 찾아 이리저리 바삐 움직이며 안식처를 찾다가
이쁜 색동저고리를 입은 정원의 꽃을
벗삼아 자리를 피해 준다
가지 말라 가지 말라 잡아도
안녕…… 봄!

울긋불긋 색동저고리들 옹기종기 모여
이쁜 속살을 사알짝 내보이며 자태를 뽐내
시선을 어지럽게 하더니
향기 바이러스 날려 발걸음을 멈춰서게 한다
작열灼熱하는 태양 아래 우두커니 로봇이 되어
꽃바다에 누운다
안녕…… 여름!

청춘 오월은
콩딱콩딱 가슴을 들뜨게 하는 짧은 봄 만남과
가슴 뻥 뚫린 애저린 봄과의 이별이 공존한다
젊은 여인들 계절 여름이
부지불식간不知不識間에 내 옆에 서 있다
안녕…… 어여 와!

가을 하늘

높고 높은 가을 하늘 뚫어 넓은 세상을 바라봅니다
생각은 한바다 되어 이웃을 감싸 안아 좋고
작은 선물을 옆 사람과 나눠서 좋고
작게 생각하던 것 크게 받아쳐 즐겁고
작은 주머니가 크게 느껴져 행복합니다

초면의 이웃도 혹여 내 친구 아닌가 물어보고 싶고
윈도우에 진열된 황태를 보면
이쁘게 선물 포장해 벗들에게 보내주고 싶고
똘망똘망한 아이 보면
구멍가게 주먹 사탕 사주고 싶고
젓갈 맛난 호상을 보면
넉넉해지는 마음이 생겨 행복합니다

힘든 장바구니 생활 마음은 고달프지만
근심걱정 없는 해맑은 표정을 사랑 장바구니에 담아
쾌청한 가을 하늘에 걸어두고
날마다 이 행복들을 마음으로 닦고 싶습니다

장마 올 무렵

장마 올 무렵
장미
여름을
온몸으로
끌어안고

안다가
무너지는
밤꽃들
안개 신방 꾸리고
밤마다 보챈다

홑겹의
지쳐 버린
내 마음이
홀로 건너가는
한여름 밤

산수유꽃

춘분 지나면
꽃샘이 온다기에

장갑 끼고
공지천길 산책하는데

산수유꽃 날 희롱하듯
배시시 웃고 있다

봄볕이 환장하게 좋은 날
삶의 노란 견장을 달고

산소 옆을 지나며

큰집도 아닌
들판 한가운데 작은 봉오리 집
그 안의 주인은 무슨 생각을 하고 있을까
자식들 잘 되라고 기도할까
못난 자식 언성 높여 질책할까
자식을 지켜보는 해海같은 사랑
다 넘기도 전 낮잠을 깨웠다고
미간을 찌푸릴까

작은 산소를 힐끔힐끔 바라보며
잘 살겠다고, 열심히 일하겠다고
굳은 마음가짐 봉분의 높이만큼 쌓아가지만
늘 죄인 같은 자식 마음
이러지는 말아야지 되뇌면서도
또 망각의 세상살이
원망의 잡초들 키만 키워가는
아랫녘 봉분 속 잠든 아버지 생각이 났다

봄을 파는 노파老婆

춘천터미널 앞
씀바귀 두어 묶음 놓고

봄을
파는
노파老婆

덤으로
행복도
주느냐 물었더니

누런 이
활짝 웃었다

행복은
느끼는 거라고

가을 전령사

시골 마을
산을 휘어 도는 황금 벌판은
가을 무도회로 우리를 초대한다

담장 위 행복 겨워 누워있는 애愛호박
태양을 그리워해 목 빼든 해바라기
흔들흔들 신들린 듯
행복 주파수 보내는 코스모스
평화롭게 날아다니는 고추잠자리
토실토실 살 오른 논두렁 가 메뚜기
콘서트를 즐기는 풀숲 베짱이
길게 늘어뜨리며 노래하는 매미
당랑거철螳螂拒轍 위엄 세우는 사마귀
터질 듯 터질 듯 거시기 같이 잘 익은 청포도
몽실몽실 떠다니는 구름 한 점
까칠하지만 부드럽게 입 벌린 밤송이
앞마당 멍석에서 S허리 자랑하는 고추

산능선 단풍을 입은 등산객
물속에 풍덩 빠진 단풍 수경水鏡
음률 조율하며 황금 벌판 누비는 트랙터

흘린 땀방울만큼 쌓여가는 들판의 벼가마
콩 타작하는 행복의 도리깨질 소리
꼬리에 꼬리를 무는 한가위 귀성 차량
피붙이 그리운 마음만큼이나
가득한 선물 보따리 넘쳐날 때

문득 흰머리발 가다듬은
홀어머니 그리워진다

가을비·1

세월 앞에
장사 없듯
모습이 변화는 것은
어쩔 수가 없지요
이 비
그치고 나면
뜨겁게 달궈놓은 여름의 대지를 지나
가을 속으로
더 깊이 걸어가겠지요
뜨겁게
활활 타오르는 마음을
쭈욱쭉
내리는 비는 알겠지요
가을비에
젖은 단풍처럼
마음에 물을 들이고
그대에게 한 발 더 다가서기 위해
그대 곁 가을 단풍으로 섰어요
이 맘 다 가져가요

가을비·2

오늘따라
ITX청춘열차 객실 조명이 어둡다
스산하게 내리는
가을비 탓일까
그 비를 맞고 싶다

차창 밖 사람들은
철학자가 되었을까
추적추적 내리는 비를 맞으며
바닥만 보고
고뇌와 번민의 코끼리 걸음을 한다

거기에 답이 있는 걸까?
걸음걸이에 있을까?
번뇌하는 뇌 속에 있을까?
가을비는 겨울을 준비하라고 신호를 준다
참 고단한 인생길이다

고집固執

엄마가 이길까, 큰놈이 이길까
엄마는 엄마대로 고집固執을 피우고
큰놈은 큰놈대로 자기주장을 내세운다
티격태격 언성은 높아지고
모녀母女의 마음을 가로막은 벽은
아파트만큼 높아간다

성장통을 생각 못하는 어미일까
어미 맘을 이해 못하는 큰놈의 반항일까
일촉즉발, 북 두드리며 대치하는 모녀의 고집 앞에
아빠는 무기력한 고목古木으로
코알라Koala*는 소 닭 보듯 한다

모녀 간 긴장된 고집
정情으로 생각하고 싶을 때 문득 부모 얼굴 떠오른다
자식들 키울 때 먼 산 바라보며 한숨을 내쉬며
자식 다 필요 없다고 혼잣말 하시던
주름 깊게 팬 얼굴 떠오른다
인생은 다 그런 걸까

* 둘째 딸 애칭.

봄비 내리는 날

얼굴을 들어 하늘을 봅니다
빗줄기가 얼굴을 간지럽힙니다
하염없이 내리는 눈물을 따라
추억의 강 거슬러 오릅니다

살짝 잡아 본 부드러운 손
민들레 씨 같은 하얀 볼
물기 머금은 아름다운 눈동자
손자의 곰인형처럼 뽀송뽀송했습니다

단 하루 위하여 기다리던 그 거리 그날
단 한 번을 보고 싶어 대문 앞 서성대던 날
단 하루 만이라도 같이 있고 싶었던 그날
총총한 밤하늘 아래에서의 짧은 만남
그날들은 참으로 행복한 날이었습니다

봄비 내리는 날
추억 상자에 담아 둔
당신의 행복 눈물로 받으며
온몸을 흠뻑 적십니다

감기

딱새
굴참나무 껍질
마구
쪼아댄다

콧구멍 속
봄
비명을
지른다

수수꽃다리

바람결에 날리는
긴 머리카락

샤우어*에
지그시 눈 감고

성에 낀
자동차 유리창에 쓴
글씨

수수꽃나무
꽃무리가 수수처럼 피어난다

* 자동차 워셔액.

딩동

어어,
부재중 전화네
천천히 전화번호를 눌렀다

떨리는 목소리
눈물 찔끔
환희일까?
걱정일까?

순간
진실된 목소리를 듣고
오후 내내 마음이 편했다

바 람 풍 경

그대 목소리

그대 목소리
내 마음을
평온의 천국으로 이끈다

천국의 정거장은
따뜻한 보금자리
새록새록 피어나고

이 밤
산을 내려온
절집의 목탁소리
고요한 행복으로 안내한다

나 어떻게

대전행 KTX 저편에
아름다운 여인이 자태롭게 시선을 준다
지구를 관통할 듯한 눈빛
난
엉겁결에
허공을 바라보는 척
물결 마음을 갖는다
여인도
허공을 보는 척 뭔가를 응시한다
뭘까?
그도 답답
나도 답답
나는 강렬한 눈빛을
여인에게
무이자로 주었다

추억

산책길
아파트 담장 넘어
빠끔히
고개 내밀고 있는
장미 꽃잎 따서 씹어보았다

추억의 맛
달콤한 맛이
혀끝에 감겨올 때
아득한 향기
공주님을 생각한다

부처님 오신 날

자비로운 날
아이에게 사랑 물 먹여준다

정오
쏟아지는 햇살에
지친 아이는 슬며시 웃음을 건넨다

다시 물을 먹여준다
동자승은
행복한 미소를 지으며
내게 손짓한다

사랑 혀 4444*
나도 사랑 혀
합장한 손에
세상의 만법萬法이 풀린다

* 사람답게 살(사)고 사랑하며 살자.

꾀꼬리 노래

고요한 새벽
꾀꼬리 노래 화음
절로 눈을 감기고 기도하게 한다
APT 동棟 사이 치고받는 메아리 되어
기억과 추억을 불러일으키며
가슴을 두드린다

아침의 문을 연
적막한 산사
꾀꼬리 소리 법열이 될 때
충만 되는 행복감과 평온함
스님은 무슨 생각을 할까?
처마 끝 풍경이 바람을 붙들고 있다

여름 같은 봄

봄은
아장아장
서툰 걸음으로 오더니
여름은
미사일처럼 날아와
우리를 당황하게 한다

봄은
금세 더워지고 뜨거워져
쫓겨나 듯 자리를 비켜주는데
여름은
아직도 저만큼 해찰대며 오는데
한바탕 소나기가 쏟아진다

우도牛島·1

우도에 가면
소같이 일해야 하고
밭을 갈며 고생하는 줄 알았다

우도는 한 폭의 수채화
소牛의 통通같이
사람들의 마음 통通이 컸다

밭을 일구는
수채화 타투tatto
우도牛島는 내 사랑

우도牛島·2

소牛는 우직했다

그만 멍에는 벗어라

이제 세상은 너의 것이다

바람 풍경

바람은
처마 끝 달린 풍경風磬을 어루만지고

풍경은
걸음을 멈추라며 속삭입니다

내 걸음만 멈춘 게 아니라
파스텔 하늘 구름도 멈추었습니다

스치는 바람과 풍경 소리
마음을 똑똑 두드립니다

모닝콜

하루를 시작하는
모닝콜은
희망을 불어넣는다

당신의 모닝콜
그 목소리를 들으면
가슴이 뛴다

당신의 모닝콜 목소리는
상상의 날개를 달아
내 마음 속 자리 사랑의 숲을 산책한다

모닝콜은
하루를 행복하게 만드는
사랑의 메신저다

귀뚜라미

창가 구석에서
귀뚜라미가
귀뚤귀뚤
울어 댄다

누구를 위해
뭐가 그리 서러워서
이 여름의 끝에서 우는 걸까

다가서면 멀어지고
멀어지면 다가선다

아직도
가을은 저만큼인데
늦여름
내 곤한 잠을
깊은 수렁 속으로 밀어 넣고 있다

가을이다

새파란 하늘 아래
길게 목을 내민 코스모스가
바람에 한들한들 흔들린다

뭉게구름 친구들이
한참을 머물다 흐뭇하게 내려다보며
색색이 수놓는 가을 마당을 응원한다

코스모스는 흔들흔들
뭉게구름은 박자 맞추어 둥실둥실
내 마음도 흥에 겨워
흔들흔들
둥실둥실

사랑한다, 코스모스
사랑한다, 뭉게구름
사랑의 너울을 쓴
가을은 그렇게 익어가고 있다

어느 날 아침

잠자리에 일어나
커튼을 걷어내니
맑은 하늘이
창문을 밀고 쏟아진다

하늘도 가을이고
바람도 가을이고
마음도 가을이고
온 세상이 가을이다

나들이하기
너무나 좋은 날씨
내 마음 하늘에 걸려
마음 여행 떠나는
어느 날 아침

가을 대화

가을 날씨
너무 좋죠?
맛점 하셨나요?

식사 후
잠깐 동안의 산책
좋아 보여요

나도
마음에 점 하나를 찍고
산책을 나가야겠어요

바람이 좋아서
하늘이 좋아서
그대가 너무 좋아서…

짓궂은 가을비

가을날
하늘은
이쁜 자태를 시기하듯
갑자기
비를 뿌려댑니다

지나가는
여인들은
어쩔 줄 몰라
허둥지둥
대피소를 찾지만
몸 피할 곳이 없습니다

이쁜 옷
살포시 젖어
속단풍이 비치고
알록달록 자연 단풍은
비시시 웃으며
하늘을 바라봅니다

숲 희망

어둠을
잃어가는 자연

밝음을
찾아가는 인간

지구는
신음하며
호모사피엔스 향해
아무도 눈치 채지 못하게
웃으면서 울고 있다

자연은 숨 쉬고 싶다
환한 등불
양손에 밝혀들고 찾아올
먼 사람 호모사피엔스도
다시 찾아 올
우리들의 숲은 언제 깨어나는가

출근길 풍경

엘리베이터가 표정 없이
지상으로 길을 안내한다

경비 아저씨 상냥하고 활기찬 인사에
90도 답례를 하며 지구를 본다
무거운 책가방을 메고
등교하는 학생들
통근버스 하품하는 곳을 향해
종종 걸음마 재촉하는 아주머니
간밤에 어지럽힌 거리를 샴푸하듯
이쁘게 길을 닦는 환경미화원
드르륵 건물 대문을 열어주는 상가주인 등
지구에서 눈을 떼니 남춘천역 계단이다
정신이 번쩍!

아침 출근길 만난 사람들이
삶의 오케스트라를 지휘하며
몸뚱이를 타악기 삼아 나를 두드린다

선물

심란한
가을의 마음
행복한
직장생활
품어 줄 수 있는 것은 무엇일까?

빨간 옷
노란 옷을
무작위로 걸쳐 입은
남산이 참 곱다

가을은 축제
내 마음도 참 곱다
모두에게
삶을 강론하는
풍성한 선물을 준다

처음처럼*

꾀꼬리 우네
울적!

처음처럼 우네
캬!

달님은
전깃줄에 걸려 있는데

술이 취해
귀소본능 집에 들어갔는데

마누라가
전쟁을 선포했다

*소주명.

춘천터미널

춘천버스터미널
수많은 사람들과 몸을 섞는 순간
소주 향기를 내뿜는 달님

내 마음을 흔드는
아카시아 향기 추억 속으로 안내할 때
참 공기 시원하다

근데, 왜?
난 지금 집으로 가고 있는 걸까?

제 5 부

선 거 와 　 봄

새 벽 　 　 　 아 침
민 주 주 의 　 시 간
선 거 　 민 주 주 의
머 리 　 회 로 　 멈 춤
부 쟁 不 爭 의 　 덕
4 대 강 　 담 배 꽁 초
해 마 루 에 　 걸 터 앉 아
찌 푸 린 　 하 루
어 느 후보자의 　 선거운동
선 　 거 　 와 　 　 봄
뉴 　 　 　 　 　 스
바 　 　 　 　 보
공 　 　 　 　 허
국 회 의 사 당
평 청 송 平 靑 松
정 오 의 　 휴 게 소
대통령 당선되던 날 아침
아 가 씨 　 마 음 으 로

새벽 아침

곤히 잠자는 나를 시기하듯
바퀴 달린 날 센 기계들이
쌩쌩 달리며 귀에 앰프를 달고 울려 된다
이리 뒤척 저리 뒤척
바퀴 달린 동물은 줄을 달고
달콤한 잠자리 그리워하듯
인제대로麟蹄大路를
마음껏 폼 내며 굉음하고 질주한다
바퀴 달린 동물은
고음과 단음*을 내며 지휘자 없는 오케스트라
연주자 되어 관객 없는 공연장 손님들을 불러내어
객석에 한 명 한 명 앉힌다
두꺼운 이불을 꼭 껴안고
두 눈을 부시시 비벼대며 객석에 앉아
창문 밖을 내다보니 오케스트라 연주자는 없고
승용차가 뒤섞여 조용한 새벽 아침을 질주한다

* 고음 : 차가 계속 달리며 소리내는 것. 단음 : 간혹 차가 지나가면 소리내는 것.

민주주의 시간

찌르륵 찌르륵 울려 대는 전화벨 소리에
"예예… 그건 이러쿠요… 이건 저런 것인데요."
응대하는 목소리에 시간 흐름을 느끼게 한다
지친 목소리지만 그 안에는 여유가 배여 있고
자연스러우니 수화기가 빨리 제자리에 앉는다
유권자는
무엇을 물어 보고 느낀 것은 무엇이었을까
선거가 민주주의 시간이라면
선관위 직원은 국민과 함께 가는 시간이다
무의미하게 민주주의가 흘러
다시 원위치에 되돌아오는 시간의 흐름이라면
머리 회로를 삼성전자에 맡기고 싶다
찌르륵 울려 대는 전화벨 소리가
쩡쩡 울리는 민주주의 함성이리라
30년 전 5·17 계엄선포를 했던 군사정권의 오늘
6·2 지방선거를 치르느라 몸은 지쳐 있어도
선거관리에 임하는 선관위 직원들 전화 응대는
민주주의의 맑은 목소리로 들린다

선거 민주주의

투표일이 다가오니 직원들은 몸이 처지고 있다
투표 안내문 안 왔다고 항의 전화 북새통
자기 찍어 달라는 확성기 소음에 항의 전화 북새통
선거 문자 짜증난다
개인정보 어떻게 유출됐나
하루 종일 항의 전화가 북새통이다
후보자들 네거티브에 감전된 선관위 포지티브는
허공의 봉이 되었고
직원들은 주민들로부터 민주주의를 교육받는다

민주주의 꽃 투표용지 배분 투표 준비
그리고 지친 몸 영양분 제공받아
민주주의 눈빛을 비벼대며 6·2 투표일 새벽 5시를 맞이하고
다음날로 이어지는 개표 준비
정말로 우리 직원 세계 최고 철인일세
대한민국 민주주의를 향한 선관위 가족의 마음
조금이라도 헤아려주었으면
민주주의 파이팅!
선관위 가족 fighting!

머리 회로 멈춤

말이 나오지 않는다
눈물이 메말라 흐르지 않는다
땅을 쥐어뜯으며 오열하고 울부짖는다
답답한 가슴 내리치기만 한다
머리가 멍하여 회로가 돌아가지 않는다
먹어도 그 맛을 느끼지 못한다

바보상자는 온통 그 사람의 일대기만 쏟아댄다
정보 바닷속은 애도 문자만 산더미 같이 쌓인다
외신은 브레이킹 뉴스로 떠들어 댄다
YS는 이 나라 거목이 쓰러졌다고 말한다

아! 슬프다
그는 영원히 우리 곁을 떠났다
2009. 8. 18.
슬퍼서 뭐라고 써야 할지 모르겠다
김대중 대통령님
영면하소서!

부쟁不爭의 덕

경청이란?
밋진 신사는?
지식인이라는 사람은?
싸움을 이기는 사람은?

·········

사회생활은 힘들지만
싸우고 다투지 않는
하늘의 길이 곧 지극한 道이니
우리는 이것을 부쟁不爭의 덕德이라 한다

4대강 담배꽁초

세상이 포클레인 판이다
삽질로 몸살을 앓고 국민의 언성 듣지 못하니
답답한 마음에 담배를 피운다
뽀얀 연기가 포클레인을 요물로 둔갑시켜
동체冬體로 만들어 버린다
기름이 떨어져 기계가 작동을 멈췄나?

잉어는 흥에 겨워 팔짝팔짝 뛰놀고
오리는 춤을 춘다
아름다운 금수강산을 금수禽獸들도 알고 즐기는데
삽질하고 자갈에 시멘트를 붓고 있는
이게 MB 인생인가

덧없음의 순간
민초들은 들풀을 걷어차며 화풀이를 한다
'에잇!' 입에 문 담배꽁초 소양강 물에 내뱉는다
빨간 입술이 찌르르 소리를 내며 시커멓게 타버리고
물결에 둥실둥실 떠내려간다
답답했던 마음이 뻥 뚫리는 순간
이 산하山河는 말한다
"살려줘서 고마워요. 사랑해요!"

해마루에 걸터앉아

답답하다
소통 부재의 맹박도 그렇고
신입과 선배 사원 간 대화 없는 것도 그렇고
자기주장만 하는 토론의 장도 그렇고
엄마와 자식 간 고집스러운 싸움도 그렇고
빵빵 대면 꼬리 물며 운전하는 사람도 그렇다

멀리 가려면 함께 가야 하건마는
온누리 비추는 해를 생각지 못하고
한여름밤 오순도순 모여 앉아
시원한 수박 먹고 옥수수 먹으며
대화를 나누었던 원두막을 기억하지 못한다

해마루 걸터앉아 꿈꾸는 교실 만들어
개구쟁이같이 내 꿈도 쑥쑥 키워보고
사랑을 주고받는 세상을 꿈꾸며 살고 싶다
해마루에 걸터앉아 서울까지 들리도록
하쿠나 마타타Hakuna Matata*를 외치고 싶다

* 스와힐리 어로 "걱정마, 다 잘 될 거야"란 뜻. 이명박 정부의 소통의 부재란 답답
함을 느끼며.

찌푸린 하루

하는 일 하나하나 반갑지 않은 콘테이너 산성山城
잘났다고 하는 일들이
강남 사람 친구 되어
가슴을 서럽게 두들기며
한여름 푹푹 쩌대는 더위처럼
숨통을 조여 오고 있다

들에 핀 들꽃은 바람이 불어야 제멋을 내고
강가 버들강아지는 보아주어야 귀엽다는데
바람 맞는 들꽃
버들강아지를 보고 있어도
그대들 위치를 알 수가 없다

나그네의 얼굴 표정 굳어 있고
바라보는 눈길에도 온정 없으니
봄나물 파는 할머니 손길 어둡다
우리 맘 알아주는지 BH 항의하듯
날씨도 찌푸려 있다

어느 후보자의 선거운동

후보자 표정도 없이
지나가는 차량 앞에 죄를 지은 듯
90도 허리 숙여 사죄한다
앞으로 잘 할 것이니
그동안 잘못을 이쁘게 봐 달라는
희망 인사일 것이다

엉겁결에 인사를 받는 유권자들은
그가 뭘 잘못했는지도 모르고
서로 눈치를 보며 머쓱해 눈만 말똥말똥한다
후보자가 잘못한 것이 무엇일까
아리달송한 무언의 눈빛
날려보지만
자동차는 바람처럼 지나간다

자동차가 휙 지나가는 것 미리 알고
가식으로 허리 굽혀 인사를 하는 걸까?
뭔가 찜찜하다
평소에 잘했으면
쌍욕을 나오지 않을 텐데
그들에 대한 마음은 늘 불편하다

선거와 봄

가볍고 화사한 옷차림
행인들 쭉 펴진 가슴
냉이, 달래 파는 행상 할머니의 밝은 얼굴
소양강 주변 푸릇푸릇한 새싹
나뭇가지에서 울어대는 새 소리
눈에 보이는 모든 사물들이
봄이 왔음을 알린다

6·2 지방선거 관리에 올인하는
날마다의 일이 단조롭고
가슴이 답답하고 건조해
봄이 왔음을 느끼지 못하지만
그래도 세상의 봄은 소리 없이 찾아온다
아름다운 자연 변화는
어느 사이 가슴 깊은 곳까지
넉넉한 인간사 사이 봄꽃을 피운다

뉴스

희망적인 것들

왕을 모시는 나라
정치는 구태
선거밖에 없다

대한민국
주인은 국민
깊이 생각하자

밭을 갈아엎는 경운기

바보

사랑이란 술 마시는 것
더 깊은 사랑을 알고 싶어
국민들은
막걸리 마시며 가슴을 치는데
누구는 왜 모를까?

난 모르지만
다른 바보는 안다
다 안다
뒤집어 읽어도 다 안다
정치인
알고 보면 바보……

공허

시끌벅적대던
개표장 안

개표 사무원과 개표 참관인
어디로들 갔지

관객이 텅 빈
선거 무대 허무하다

우리는
누굴 위해 밤샘했지?

선거 때마다 느끼는
공허

국회의사당

리바이어던* 같은 괴물이
터를 잡고 갑질한다

주둥이와
눈빛만 살아

세상은 빠르게 변하는데
그 돔 지붕집은 하세월이다

언제쯤 국민은 편해질까
한강은 흘러가며 말한다

함께 갑질하자
주권은 국민에게 있음이니

* '리바이어던leviathan'은 홉스가 쓴 정치 철학서의 제목. 홉스는 '개인을 삼켜 버리는 거대한 권력'을 '리바이어던'으로 정의했다.

평청송平青松

법이란
성신星辰이 흘러가는 것

양심과
정의를 이해하는 것

평화롭게 이해하고 가는 게
평청송*이라

국민의 사랑을 받으며 함께 가는
'평화롭고 푸르른 소나무'

마음을 푸르게
평온하게 마음을 다스리면
더 따뜻한 세상이 오겠지

* 춘천지방법원을 상징하는 소나무. 법원과 함께 평화롭고 푸르라는 뜻으로 평청
송이라 이름하였다.

정오의 휴게소

산보를 즐기는 명상의 시간
사내社內 동산의
연분홍 철쭉, 가시 박힌 엄나무, 더덕 줄기가
동료들의 시선을 유혹한다
누가 뭐라고 말하지 않아도
이리 둘러보고 저리 둘러보는
인생에 있어 더도 말도 덜도 말고
오늘 같은 정오였으면 좋겠습니다

숨 막히는 선거관리에
맘이 찌들어 가는 안타까움도 있지만
눈과 마음으로 자연을 음미吟味하며
여유로운 멋 향유하는 것을 보니
라일락꽃 향기에 취한다
각박하게만 바라본 세상
동산의 꽃으로 환생還生해
넉넉한 어머니 가슴을 만지며
하얀 눈썹 뚝뚝 떨어지는 목련꽃 아래
정오의 휴게소는 봄 축제가 한창입니다

대통령 당선되던 날 아침

햇님과
구름과
바람과
비와
달과
별
대자연이 모여서
아름다운 세상을 이끌어주었습니다

탄핵 조기 대선으로 당선된
대통령에게 명령합니다
정치의 주인인 국민이
두 팔 두 다리 쭉 펴고
웃음 짓는 모습 보여주기를…….
국민들에게 기대합니다
우리 마음을 헤아리고
갈등을 풀어갈 수 있도록
두 눈 부릅 뜬 주인이 될 것을…….

당신은 국민의 심부름꾼입니다.

아가씨 마음으로

세상살이 다 그런 것 아닌가. 힘들다, 고대다고 말하지 말라. 다 안다고 표현하지 말라.

호연지기의 삶 다 알지 못해도 쓰디쓴 담배 한 대 피워 물면 호랑이 담배 피우던 그 맛이 난다.

호랑이 가죽이 보이니까 그게 호랑이 담배 피우게 하는 것이 아닌가…. 담배 폈다고 호통치지 말라, 담배 맛이 좋은데…. 담배 물은 호랑이처럼 멋있게 살자.

아가씨 겁나지만 말이다. 토끼 눈 부릅뜨고 호리호리 죽어갈 것 같지만, 인생을 살아가는 아가씨 범생이가 그 마음 어떻게 알랴.

선녀 멱沐浴감으며 無실오라기 맘 달래는 아가씨를 그저 청포도 같은 무감각으로 생生을 바라 볼 것인가. 영겁永劫 고뇌 바람은 아가씨만 알 것이다.

아가씨처럼 살자. 고苦된 생활하는 아름다운 마음을 생生생하게, 소리없이 long time으로 좇아가자, 그게 살포시 세상을 다스리는 아가씨 맘. 아 이런 것이 그 넓은 신사임당의 맘이던가….

아가씨 품에 안긴 아기가 되고 싶다. 속 깊은 아가씨 맘을 따라가고 싶다. 손가락질하며 이 양반아 two road not taken 삿대질하고, 길이 다르잖아 꿀밤을 주어도 난 그 길을 좇아가 배우고 싶다.

세상을 헤아리는 깊은 심천深淺 길 마음, 천 리의 그 고운 비단길에 융단을 넉넉하고 아름답게 깔아주고 싶다.

인간 본질적인 삶의 노래, 사랑詩

오종문_ 시인

1.

오랜만에 살아있는 시를 읽는다. 시집 평문을 쓰기 위해서는 몇 번의 정독 후 시의 의미를 밝혀 독자의 공감을 유도해내는 것이 평자의 역할이다. 하지만 어떨 때는 시를 읽는 일이 힘들고 불편할 때가 있다. 생소한 시와 이해불가의 내용으로 나열된 시를 만나면, 오랜 세월 시를 써온 필자도 온전히 이해하지 못해 대략 난감하고 자괴감을 느낀다. 이럴 때면 '시를 어떻게 읽어야 하는가?' 등등 가장 원론적인 물음을 던질 수밖에 없다. 시를 읽는 일이 불편하고 힘든 이유는 시라고 말할 수 있는 언어 구조가 지식인 시인들이 공유하면서 널리 일반화 되었다. 이미 시에서는 현실 생활이 사라진 그 자리에는 지식인 시인들이 독점하는 위계적 언어가 시의 본질적인 운명을 좌우하고 있다고 생각할 때, 이종수의 첫 시집『눈 내리는 아침 공지천길』은 시란 무엇인가? 시는 누구를 위해 존재해야 하는가를 진지하게 묻고 있다.

이러한 현실적인 문제 제기의 질문들은 현 사회의 병폐와 이성에 의해 도구화된 합리주의의 권력에 대한 반대급부의 실천으로서 현재의 서정성과 미래의 시 방향을 가늠할 수 있는 방향성을 보여준다. 또한 삶이라는 굴레에 갇혀 생활과 현실을 놓쳐버린 요즘 시에

일상의 진실과 사랑의 본성에 대한 탐구를 불러일으킨다는 점에서 중요한 의의를 지닌다. 이런 점에서 이종수의 시편들은 추상적이고 관념적인 언어에 기대어 구조화하지 않고, 어떠한 논리도 지식도 필요치 않는다. 시인의 말처럼 "여여如如한 일상 속에서 찾은 행복·감사·사랑 등 인간의 본질적인 삶을 노래하"고 있다는데 특별한 의미가 있다. 즉 완벽하게 기획되고 잘 짜인 도식 속에서 장황한 시어를 구사하는 것이 아니라 순진하고 촌스럽고 어리숙함처럼 보여지는 시편들은 할 말을 다하는 완성된 시를 보여주고 있다. 아무런 눈치도 보지 않고 쭉쭉 써내려간 듯한 시들은 너무나 솔직하고 천진하다는 느낌이 강해 누가 읽어도 쉽게 편안하게 다가설 수 있는 친숙함 속에는 많은 시편들이 서정성을 담보하고 있음이다.

2.

이종수는 이 시집 속에서 '행복한 삶과 감사 그리고 사랑에 대해 얘기한다. 누구나 다 공감하는 이야기이지만 쉽게 할 수 없는, 그렇다고 하고 싶은 말들을 생각 없이 함부로 담담하게 풀어놓지는 않는다. 세상을 살면서 가볍게 또는 무겁게 살아가기 때문이다. 이처럼 세상의 모든 사람들은 각자 나름의 개성을 가지고 자기 방식대로 살아가지만, 지금까지 자신이 구축해왔던 생활방식의 프레임을 깨기란 쉽지 않다. 그 이유는 힘들고 무거운 삶보다는 즐겁고 가벼운 삶을 살기 원한다. 가벼움을 추구하는 삶은 경망스럽다거나 수다스럽다거나 생각 없음이 아니다. 이해관계에 얽힌 삶이 아니라 즐기면서 사는 삶이다. 그렇기에 한 번 밖에 살 수 없는 현생의 가벼운 삶은 시인에게 나답게 너답게 사는 것이다. 나답고 너다운 삶을 인정한다는 것은 은유와 고독의 삶을 살아내는 가벼움이고, 그런 가벼움이 삶을 묵직하게 견뎌내게 해준다. 그것이 또한 무거움이고 원형적이지만, 우리 인간은 그 삶 속에서 정직과 진실을 추구하고 사실과 증거를 금과옥조로 삼지만 현실은 그리 녹록치 않는 것이 사실이다.

> 참을 수 없어
> 입을 열었다
>
> 마음속
> 삭이는 건
> 위선이고 죄악
>
> 진실을 묻는
> 얼굴이 붉어졌다
>
> —「진실」 전문

　진실이란 무엇인가를 묻는 성찰의 시다. 이 작품은 진실과 거짓이 뒤엉켜 존재하는 시대, 이 시집을 관통하는 시인의 메시지로 '마음에 거짓이 없이 순수하고 바름', 즉 시경詩經의 '사무사思無邪'로 사악함이 없는 마음의 다른 표현이다. 마음이 올바르지 못하고 그릇됨의 진실을 숨기고 있다면 "마음속/ 삭이는 건/ 위선이고 죄악"이기에 "참을 수 없어/ 입을" 열었지만, 이내 "진실을 묻는" 시인의 "얼굴이 붉어졌다"라고 고백한다. 심리학자들의 연구에 따르면, 인간은 처음 만난 사람과 10분 대화하는 동안 거짓말을 평균 세 번 정도 하며, 평균적으로 하루 한 번 이상 거짓말을 한다고 한다. 이처럼 우리는 매일같이 허튼소리 아니면 진실과 새빨간 거짓에 둘러싸여 살아간다. 말하는 것도 거짓말이요 듣는 것도 거짓말인 것처럼, 우리 주변의 가짜뉴스와 루머, 가십 등이 매일 생성되고 재확산되면서 상상할 수 없는 결과를 초래하기도 한다. 거짓은 진실보다

수적으로 우세해 진실보다 더 빨리, 더 멀리, 더 쉽게 퍼져나가면서 많은 양의 정보를 생성하면서 바이러스처럼 번진다. 때문에 진실을 밝히고 말하고자 하는 것은 우리 스스로 반성하고 참 자신을 알기 위함이다. 진리에 따라 진실한 자신의 삶을 살아내고자 하기 위함이다. 내게 유리한 것을 추구하는 것이 아니라 진실한 사람이 되고 진실한 삶을 살아가기 위함이다. 진리를 왜곡하고 거짓으로 사는 사람들을 구별하기 위함이며, 이를 통해 우리 사회와 개인의 삶을 더욱 고결하게 하기 위함이다. 우리 모두의 공동선을 추구하고 더 나은 미래를 위함이다. 그래서 말이 아닌 행동으로 옮기는 것이 진실이라고 믿는 이종수가 가고자 하는 길은 확고하다.

가야 할 길은
덜컹덜컹 소리 내며 가는 촌부의 길이 있고
소리 없이 가는 미꾸라지 같은 졸부의 길도 있다
모두가 가는 길 방향은 달라도
운명의 희망 인생길 장돌뱅이 발걸음
두려워하지 않고 발걸음 뚜벅뚜벅 내딛는다

한 걸음 한 걸음이 어찌 같은 길이랴
천성의 길, 꿈의 길, 운명의 길
모진 바람에 휘둘려도 굳건하게
잡초보다도 더 강하게 희망의 빛 찾아 앞으로 나아가리라
두려워하지도 외로워하지도 않고
가야 할 길,
그 운명의 희망을 찾아 뚜벅뚜벅 찾아가리라

없다가도 있는 게 희망길이라 했으니

아무도 가지 않는 길이라고

길이 아니라 말하지 않으리라

그 길을 가는 사람이면 바로 그 길이 희망길이리라

뚜벅뚜벅 걷는 황소의 친구되어 희망의 워낭소리 들으며

우직하게, 흔들림 없이 운명의 희망길 찾아 나서리라

—「인생길」 전문

시인의 인생론을 관통하는 현재진행형 시이다. 그가 가고자 하는 인생길은 "천성의 길, 꿈의 길, 운명의 길"이다. 이 길은 "덜컹덜컹 소리 내며 가는 촌부의 길이 있고" 미꾸라지처럼 잘 빠져나가는 "졸부의 길" 등 다양해 각기 가는 방향은 다르지만, 시인은 "모진 바람에 휘둘려도 굳건하게/ 잡초보다도 더 강하게" "두려워하지도 외로워하지도 않고" "그 운명의 희망을 찾아 뚜벅뚜벅 찾아"갈 것이라는 의지를 보인다. 그러나 그 희망길이 곧고 평탄한 길만 존재하는 것이 아니라 어느 순간 자신의 의지에 따라 생기는 것이며, "아무도 가지 않는 길"일지라도 확신을 갖고 그 길을 간다면 "그 길이 희망길이리라"고 말한다. 그래서 시인은 비록 그 길이 험하고 힘들어도 포기하지 않고 황소처럼 우직하게, 흔들림 없이 세상을 깨우는 워낭소리를 들으며 "운명의 희망길 찾아 나서리라"는 결의를 다진다. 「겨울 산책길」에서 보이는 것처럼, "길 위에 새겨진/ 다른 이의 발자국을 보"면서 시인이 새겨왔던 생의 발자국들이 "바르게"도 보이는지, 아니면 "삐뚤삐뚤 걸어온" 인생길인지를 알고 싶어 한다. 그래서 "그동안 잘 살아온 인생"인가를 스스로에게 물으면서 걸어왔던 길을 "자꾸 뒤돌아"본다. 그러면서 앞으로 새롭게 "새길 발자국"은 "더 행복한 삶"으로 가는 희망길이라는 메시지를 독자와 공유한다. 이처럼 시인의 삶 목표는 구체적으로, 행동하고 앞으로 나아갈 수 있을 때만 목표에 도달할 수 있고 방향을 정할 수 있다. 이종수가 지향하는 목표, 그가 가야 할 방향은 시「과천 가는 길」에서 확인 할 수 있다.

중앙고속도로 빠져나와
과천 방향으로 달린다

가족을 집에 남겨두고
왜 달리는 걸까?

앞만 보고 달리는 무표정의 차들
나와 똑 닮았다

가족에게 잘못한 것도 아닌데
세상에 큰 죄 지은 것도 없는데
꽁무니 빼듯 내달린다

살기 위한 인생의 아름다운 모습
황금마차를 타고 가듯
과천 가는 출근길이 행복하다

―「과천 가는 길」 전문

시인이 달려가는 희망의 인생길, 그의 근무처인 과천으로 가는 길에 "가족을 집에 남겨두고/ 왜 달리는 걸까?"라며 자문한다. 목적지를 향해 "앞만 보고 달리는 무표정의 차들"처럼, 남을 제치고 앞서가려는 인간들을 비유한 자동차들이 자신을 "똑 닮았다"라고 말한다. "가족에게 잘못한 것도 아닌데/ 세상에 큰 죄"를 지은 것처럼 "꽁무니 빼듯 내달"리는 출근길은 일신의 안위를 위해서 앞만 보고 달리는 것이 아니라 가족의 행복한 삶을 위해 달리는 "인생의 아름다운 모습"이라고 믿는다. 그렇기에 새벽밥을 먹고 먼 거리를 운전해가는 출근길 마음은 "황금마차를 타고 가"는 것처럼 "과천 가는 출근길이 행복"한 것이다. 시인의 삶에 대한 성찰은 「인생 사과나무」에서도 확인할 수 있다. "뭐가 그리 바빠 앞만 보고 가는 것일까"라며 스스로에게 질문을 던져놓고 "옆을 보고 뒤를 보며 앞으로 가도/ 가는 길은 같은데 삶의 기술이 머릿속에 꽉 차 있다"면서 쉽지 않은 세상살이 최적화된 행복한 삶을 위해 "가끔은 왔던 길 뒤돌아보"면서 "머릿속 삶의 기어를 바꾸어 천천히 앞을 보며 가보자"고 한다. 틀에 박힌 삶에서 벗어나 새로운 삶의 길을 찾아가는데 "옆을 보다 부딪쳐도 다치지 않고/ 뒤를 보다 깜빡해도 아프지 않은" "발걸음을 뗄 수는 없는 것일까"하고 반문하면서 "각박한 세상살이 힘들다고/ 행복을 못 느낀다면 그 인생을 인생이라 말할 수" 없다고 말한다. 시인의 이런 자신감은 "내년 봄을 기다리는/ 한 그루 사과나무가 멋지게 보이"기 때문이다. 그래서 "더 멋있는 인생 사과나무가 되기 위해" 시인은 잘못 "찍힌 발자국을 찾아" 성찰하면서 날마다 새로운 길을 떠나기를 희망한다.

3.

이종수에게 '그녀, 그대, 당신'으로 지칭되는 사람은 "기쁨과 희망을 퍼주는/ 인간 펌프"이고 사랑스런 말은 "생각하는 에너지"이자 "마중물"로 "총총히 빛나는 별과 같"은 신데렐라이다. "우리 서로 믿고/ 의지하고/ 사랑하고/ 이해하"(「신데렐라」)면서 서로 어깨를 기댈 수 있는 사람이다.

　　그녀는
　　사랑 길치

내 마음만

시커멓게

타들어가게 한다

바로 옆에 두고도

못 찾는

내 마음

찾아오는

길을 모른다

그녀는

사랑 길치

─「사랑 길치」 전문

　길치의 사전적 의미는 '길에 대한 감각이나 지각이 매우 무디어 길을 바르게 인식하거나 찾지 못하는 사람'을 말한다. 따라서 '사랑+길치'는 '사랑을 찾지 못하는 사람'을 말한다. 당신을 너무 사랑하는데, 당신은 왜 내 마음을 읽지 못하고 내 애간장을 태우느냐면서 "바로 옆에 두고도/ 못 찾는/ 내 마음// 찾아오는/ 길을 모른다"면서 "그녀는/ 사랑 길치"라며 원망 가득한 마음을 드러낸다. 그럼에도 시의 행간에는 미워하거나 증오하는 마음보다는 사랑이 배어난다. 사랑의 '최단 경로 알고리즘'은 가장 빠른 지름길을 찾는 것이라기보다는 '사랑'에는 '길치'인 그녀가 자신 마음을 알고 받아주는 것이다. '사랑'보다는 '길치'에 방점이 찍히는 이 시는 사랑하는 사람의 마음에 가 닿기 위한 '최단경로'는 상대의 마음을 이해하려는 노력의 기반 위에서 진심을 다해 다가서려는 것이다. 사랑을 확인하

129

는 최단 경로를 평가하는 '사랑'의 잣대는 두 사람만이 결정할 수 있기 때문이다. 목적지가 늘 같아도 그때마다 새로울 수 있는 것은 매번 같은 곳을 다른 경로로 가는 상대방에 대한 신뢰와 진심의 무게를 느끼기 때문이다. 그러나 우리가 생각하는 사랑은 사실 놀랍도록 자기중심적인 마음에 뿌리를 두고 있다. 누군가를 사랑한다는 것에도, 사랑하는 사람을 위한다는 마음에도 그 중심에는 항상 '나 자신'이 있다. 사랑으로 인한 갈등과 아픔도 마찬가지다. 사랑할 때 나를 아프고 힘들게 하는 것은 그 사람의 변심도 아니고, 그 사람과의 다툼도 아니다. 나를 괴롭히는 건 그 사람에게 일방적으로 기대하는 내 마음이다. 인간의 욕심 많고 이기적인 본성이 마음으로 표현되는 것이다. 이런 마음은 자신의 삶과 생을 지키기 위한 나약한 마음으로, 사랑하는 사람이 곁에 없을 때 느끼는 고마움과 소중함은 그 배가 된다.

금덩어리로 보이지 않았던 당신
한 밥상 두 숟가락 들어 올리며 얼굴 맞대던 당신

집 떠나 홀로 밥상 바라보니
당신의 소중함을 느낍니다

… 중략 …

왜 당신 사랑을 이제서 찾았는가요?
적막한 밤 눈물 글썽이며
당신을 느낍니다

사랑해요

당신이 느껴져요

　　　　　　　　　　　　　　　　　　—「사랑하는 당신」 일부

　　평상시 귀하고 소중하게 느껴지지 않았던 당신이, 매일 밥상 앞
에서 얼굴을 맞댈 때는 몰랐지만 "집 떠나 홀로 밥상 바라보니/ 당
신의 소중함을 느"낀다면서 아내의 빈자리가 너무 큰 것을 깨닫는
다. 특히 양말과 속옷을 빨면서 비로소 알게 된 아내의 수고와 고마
움을 "아름다운 당신 마음"으로 표현하면서 "햇빛에 반짝반짝 빛"
나는 마음을 알게 되었다고 고백한다. 그리고 "왜 당신 사랑을 이제
서 찾았는가요?"라고 자책하면서 이제야 "당신을 느"낀다면서 "사
랑해요"라고 말한다. 이처럼 아내를 향한 사랑의 표현과 고마움, 소
중함, 그리움을 표현한 시편들은 다양한 형태로 많은 부분에서 발
견된다. "내가 사랑한 한 사람/ 당신 힘들었지요" 자신을 "사랑해줘
서 고맙다"며 "이 생이 다할 때까지/ 가슴으로 사랑하고 싶다"(「고
마워요」)면서 그 고마움을 갚을 기회를 달라고 말한다. 이종수에
게 아내는 은행과 같은 존재로, 언제든지 자신의 사랑을 "복리로 저
축"해 줄 수 있는 은행이고, 자신의 부족한 점까지 "친절하게 수납
하며/ 우수고객으로 맞이"해 "황금돼지저금통에"(「황금사람」) 적
립해주는 사람이기 때문이다. 그래서 "바다가 되어/ 무지개를 피
우"면서 "그대에게/ 다가가는" 「파도」가 되기도 하고, "하루를 행복
하게 만드는" 아내의 목소리는 "사랑의 메신저"(「모닝콜」)로 가슴
뛰게 만들고, "푸른 하늘" "평온한 숲 속" "달리는 차창 밖"에 아른댈
정도로 "세상이 온통 당신으로 가득"(「허공」)할 때면 "가난한 나의
신부가"(「입하 무렵」) 너무 그리워 "그대 만나기 하루 전부터/ 더
많은 시간, 달을 보며 고민"(「그대 만나기 위해」)하면서 전화를 할
까 말까 핸드폰은 만지작거리기도 한다. 아니 "지구에서도" "대한
민국에서도" "외딴 섬에서도" "내 맘속에"는 "오직 너 뿐이"라면서

"사랑은 이런 것인가?/ 사랑은/ 욕심쟁이"(「사랑 바보」)라는 정의를 내린다.

　그래서 이종수는 "허전한 가슴/ 빈 공간에 쳐 놓은/ 사랑 그물에 걸려들기 위해"서 "천진난만하게/ 그대를 향해"(「만남」) 매일 달려간다. "푸른 하늘/ 구름 위에 당신이 숨어 있을 듯해/ 바람의 양탄자를 타고/ 날마다 당신을 찾아/ 길을 떠"(「어떤 봄날에」)난다. 누군가를 그리워하면 마음이 푸른 하늘처럼 높고 맑고 순수해진다고 믿는 까닭에 눈물을 수반한 그리움은 나와 하나가 될 수 있다. 그러나 그 그리움은 모두 똑같이 정서적으로 반응하지는 않는다. "행복한 시간/ 뒤로 하고" 사랑하는 이와 손 흔들며 헤어지는 그리움은 특별하다. 헤어지는 게 힘든 것이 아니라 "어떻게/ 보내야 할까요"라는 시구 속에는 다시 만날 때까지 기다리는 것이 너무 힘들다는 속마음의 표현이다. 그래서 「잘 가요. 당신」이라는 말 속에는 시인의 수많은 감정들이 요동치고 있다. 그러나 기다리는 것이 무엇이고, 기다림의 이유를 안다면 그 기다림은 결코 지루하지 않다. 즐겁게 기다리는 동안 주의를 전환할 다른 것이 있다면, 기다림의 시간을 유의미한 것들로 채워나가면 나를 단단하게 만들면서 그 기다림 자체를 즐길 수 있다. "내가/ 사랑한 당신/ 너무 이쁘"기에 언제든지 그 "사랑 바다에/ 풍덩 빠"질 수 있는 준비가 되어 있는 "지구의 주인은/ 사랑하는 우리"(「사랑 바다」)이기에 이종수의 사랑은 더 빛나고 깊다.

　4.
　　후보자 표정도 없이
　　지나가는 차량 앞에 죄를 지은 듯
　　90도 허리 숙여 사죄한다
　　앞으로 잘 할 것이니

그동안 잘못을 이쁘게 봐 달라는
희망 인사일 것이다

엉겁결에 인사를 받는 유권자들은
그가 뭘 잘못했는지도 모르고
서로 눈치를 보며 머쓱해 눈만 말똥말똥한다
후보자가 잘못한 것이 무엇일까
… 중략 …

자동차가 획 지나가는 것 미리 알고
가식으로 허리 굽혀 인사를 하는 걸까?
뭔가 찜찜하다
평소에 잘했으면
쌍욕을 나오지 않을 텐데
그들에 대한 마음은 늘 불편하다

―「어느 후보자의 선거운동」일부

선거철이 되면 어김없이 목격되는 현상이다. 자신이 당선되어야하는 당위성과 명분을 내세우면서 국회를 개혁하겠다고 큰소리치면서 선거철만 되면 표를 구걸하는 정치인들에 대한 국민들의 마음을 대변하고 있다. 선거 때만 되면 간·쓸개까지 다 내줄 듯하다가 국회에 입성하면 국민은 안중에도 없고, 일신의 안위와 영달을위해 양지를 찾아가는 위정자爲政者들이 만개한다. 그래서 시인은"표정도 없이" "죄를 지은 듯/ 90도 허리 숙여 사죄한다"면서 자신의 죄를 이실직고하는, "앞으로 잘 할 것이니/ 그동안 잘못을 이쁘게 봐 달라는/ 희망 인사"라며 비아냥거린다. 유권자들은 "그가 뭘잘못했는지도 모르"기 때문에, 자신의 잘못을 유권자들은 쉽게 잊

을 것이라고 말한다. 그러나 시인은 그렇지 않다는 듯 "뭔가 찜찜하
다/ 평소에 잘했으면/ 쌍욕을 나오지 않을 텐데/ 그들에 대한 마음
은 늘 불편하다"고 일갈한다.

선거 관련 직장에 몸담고 있는 시인은, 잘못된 불의 앞에 말이 아
닌 행동으로 옮길 때 그 사람의 삶에 감화되어서 존경하고 따르게
된다고 말한다. 그러면서 '개인을 삼켜버리는 거대한 권력', 즉 홉스
가 정의한 '리바이어던leviathan'의 용어를 통해 시 「국회의사당」에
서는 "리바이어던 같은 괴물이/ 터를 잡고 갑질한다// 주둥이와/ 눈
빛만 살아" 있다고 말한다. 입으로는 국회의원 숫자 줄인다는 등 환
골탈퇴를 논하고, 뼈를 깎는 마음으로 국가 안보와 서민 경제를 말
하면서 자신들 이익을 위해서는 끼리끼리 감싸면서 갑질과 기득권
을 누리면서 특권 행세를 한다고 비판한다. 지금 "세상은 빠르게 변
하는데/ 그 돔 지붕집은" 변하지도 않는다면서 "주권은 국민에게
있"으니 위정자들이 변할 때까지 "함께 갑질하자"며 불편한 심기를
드러낸다. 무엇이 국가 안보에 도움 되고 국민을 위한 안전인지를
생각하고, 입으로만 국가와 국민을 위하는 국회가 아닌 몸과 마음
으로 행동에 옮기는 국회가 되었으면 하는 바람을 얹고 있다.

또한 「바보」라는 시에서는 "국민들은/ 막걸리 마시며 가슴을 치
는데/ 누구는 왜 모를까?"라면서 "다 안다/ 뒤집어 읽어도 다" 아는
것을 정치인들은 모른 척한지 알 수 없다며 분노하고, "들에 핀 들
꽃은 바람이 불어야 제멋을 내고/ 강가 버들강아지는 보아주어야
귀엽다"(「찌푸린 하루」)면서 4대강 개발이라는 명목 아래 부문별
하게 파괴되는 자연 환경에 대해 짧고 강한 메시지로 안타까움을
토로한다. 그런가 하면 "답답하다/ 소통 부재의 맹박도 그렇고/ 신
입과 선배사원 간 대화 없는 것도 그렇고/ 자기주장만 하는 토론의
장도 그렇고/ 엄마와 자식 간 고집스러운 싸움도 그렇고/ 빵빵대면
꼬리 물며 운전하는 사람도 그렇다"면서 사람과 사람 간에 이뤄지

는 소통 부재의 답답함을 토로한다. 그렇지만 '걱정마, 다 잘 될 거야'라면서 "사랑을 주고받는 세상을 꿈꾸며 살고 싶다"(「해마루에 걸터앉아」)는 긍정적인 희망의 마음을 잃지 않는다. "경청이란?/ 멋진 신사는?/ 지식인이라는 사람은?/ 싸움을 이기는 사람"을 두고 "사회생활은 힘들지만/ 싸우고 다투지 않는/ 하늘의 길이 곧 지극한 도道"라면서, 노자老子의「부쟁不爭의 덕」을 빌어 위정자들의 잘못된 통치 행위나 행태에 대해 일침을 가한다.

이처럼 이종수 눈에 포착된 시의 세상은 다양하다. 그의 시선은 정치인뿐만 아니라 우리 주변의 약자들에게도 향한다, "연두색 옷을 입은 거리 천사/ 환경미화원"에서 춘천터미널 앞에서 좌판을 깔고 봄나물 씀바귀를 파는 노파에게도 가 닿는다. 특히 중앙선거관리위원회에 몸담고 있는 시인은 "대한민국 민주주의를 향한 선관위 가족의 마음"(「선거 민주주의」)을 헤아리는가 하면, "관객이 텅 빈/ 선거 무대 허무하다"라면서 "우리는/ 누굴 위해 밤샘했지?"라면서 "선거 때마다 느끼는/ 공허"감을 표출하기도 한다. 그런가 하면 어머니 허리가 "동강같이" 휘도록 아무것도 해준 것 없는 불효자는 "밤마다 동강의 밤물결로 운다"면서 "좋은 세상 맑고 건강한 소리 많이 담으시라고/ 보청기를 해드린다"(「어머니·1」)면서 어머니를 동강에 은유하고, 어느 산소 옆을 지나면서는 "늘 죄인 같은 자식 마음"으로 "원망의 잡초들 키만 키워가는" "봉분 속 잠든 아버지"(「산소 옆을 지나며」)를 생각하기도 한다. 또한 "엄마는 엄마대로 고집固執을 피우고/ 큰놈은 큰놈대로 자기주장을 내세"우는 "모녀母女의 마음을 가로막"는 마음의 벽이 "아파트만큼 높아"가는 데도 이를 조정하지 못하고 무기력하게 지켜보면서 "자식들 키울 때 먼 산 바라보며 한숨을 내쉬며/ 자식 다 필요 없다고 혼잣말 하시던" 부모 얼굴을 떠올리면서 "인생은 다 그런 걸까"(「고집」)라며 부모의 마음을 이해하는 접점을 찾기도 한다.

5.

이종수는 첫 시집 『눈 내리는 아침 공지천길』을 통해서 인간 본질적인 삶의 노래, 행복과 사랑에 대한 시편들을 전편에서 발견하고 느낄 수 있다. 그의 시 「삶」처럼 "사랑하고/ 미워하는 것은/ 살아 있다는 외침"이요 "사랑하는 것은/ 살아가고 있는 몸부림"이라는 시구처럼, 세상을 살아가면서 느끼는 감각과 인간애가 느껴지는 따스한 시편들이 전부라고 해도 좋을 만큼 시집 책장을 넘길 때마다 사랑이 넘쳐난다. 이처럼 시는 개인의 서정에 밀착된 장르이기 때문에 고토의 체험과 행복과 추구라는 주제를 더욱 직정적이거나 혹은 더 내밀한 방법으로 드러낸다. 그러나 좋은 시를 창작해도 독자와 만나는 창구가 없다면 아무 소용이 없다. 비록 내가 사는 세상이 아닌 다른 세상의 이야기일지라도, 그 안에서 닮은 점을 찾고 다른 걸 공감하고 인정할 수 있도록 다리를 놓는 사람이 독자이다. 그런 점에서 시를 읽어주고 공감하는 독자의 역할도 꼭 필요하다. 두 발을 딛고 서 있는 각자의 자리뿐 아니라 시인의 눈으로 바라본 세상을 함께 바라보고 대화할 때 우리는 타인의 삶을 내 삶으로 치환시킬 수 있다. 어쩌면 시는 시인과 독자를 이어줄 뿐만 아니라 시인이 보여주는 세상과 현실에 다리를 놓는 매개물인지도 모르겠다. 어떤 이들에게는 이종수의 이 시집이 그 역할을 해줄 수 있을 것이라 믿으면서 3행의 행간 속에 시인의 마음을 집약시킨 극서정의 「우도·2」를 읽는다.

소牛는 우직했다

그만 멍에는 벗어라

이제 세상은 너의 것이다